KB265359

모래의 날들

모아드림 기획시선 111

모래의 날들

고인숙 시집

모아드림

■ 自序

오래전에 묻었던 씨앗 한 알

가까스로 움틔워 키운 조그만 꽃나무 한그루

보잘 것 없지만 꽃은 필까요

도와주신 분들께 조그만 기쁨이라도 되었으면 합니다

2008년 새해

고인숙

차 례

自序

4부

1부

고들빼기

씨 뿌리지 않아도
바람결에 왔지

초가을 가문 날 자갈밭에서 눈떠
옹골지게 손 내밀어 여기 우리들 차지했지

진초록 잎 야무지게 오돌오돌
속으로는 노란 실뿌리 땅속 깊이깊이 헤치며 내려갔지

서리가 올 테면 오라지
눈이 내리면 더 푸근할 테니

올가을 다 못 크면 내년 봄도 있고

남새밭 연가

앉은뱅이 가지는 치마폭에 조롱조롱 매단 새끼들을
자랑하고
참나무 삭정이에 어깨를 묶었던 방울토마토는
새끼들을 데리고 와서 받침대를 쓰러뜨렸다
그것이 우스운지 어린 새댁 상추는 야실 야실 손바닥
을 흔들고
쑥갓은 자기와 무관타며 고개를 쑥대머리로 흔든다
돌 틈에 선 익모초가 한 여름 땡볕을 익히며
누구 때문에 길모퉁이 남새밭을 지키고 있는가 비장
하게 떠들고 있다

야, 조용!
새 댁 온 다

겨울 아침

내장 갈피 말갛게 씻어
서늘해지고 싶은 아침

올 겨울 들어 가장 춥다는
얼굴 따가운 영하 15도
산꼭대기 막 넘으며 쏘아 대는 금빛 화살
고개 숙이고 흰 눈 위 발자국 찍으며 간다

길섶 고추밭 줄 맞춰 선 고춧대
뼈만 남아 비틀거리고
못다 영근 수수 모갱이
듬성듬성 버려져 있다

마른 칡넝쿨 덤불 밑엔
새 새끼들 불 난 듯 지저귀며 들락거리고

꿩

떡갈, 잣, 소나무들 잠 덜 깬 새벽 산길
꽃 필 땐 두견이, 뻐꾸기, 박새 그리도 울어 쌓더니
지금은 풀벌레 소리만 여리게 칠칠 거리네
사철 터줏대감, 나 여깃소 소리 지르던 너
휘황한 깃털 한 번도 보여 주지 않고
슬그머니 이 산을 떠나가고 말았구나
오랜만에 보는 잿빛 산토끼 한 마리
산초나무 아래로 빠르게 숨어드는데

탁배기에 절은 목청 두 번씩 내지르던 소리
다시 듣고 싶은
육자배기 구성진 네 가락

들깨 밭

비탈 밭 들깨들 키만 훌쩍 커 서양 애 같더니, 가로등 불 밑에서 꽃이 피지도, 늙지도 못하고, 파랗게 질려 불임의 가을을 울고 있다. 그러거나 말거나 메뚜기는 밤 이슥토록 이리저리 뛰며 배추 잎 갉아먹다 새끼 업은 채 잠들고, 호박 덩굴은 소담스런 열매 몇 덩이 안고 태평스레 누워 있다 속 터지는 밭주인 아저씨 밭둑에서 끌탕하다 들어 간 뒤 지나던 가을바람이 왜 그리 민감하냐며 들깨 허리 어루만지다 천천히 휘돌아 나간다

무말랭이

겨울날 산모롱이 찬바람 헤치고 온
할머니 흰 옥양목 치마폭에서 풍기던 내음
못생긴 가닥 무 골라 무말랭이 썰어 말린다
초겨울 햇볕과 바람
한나절 어루만져 꾸덕꾸덕 해 진 뒤
영하의 밤 맞아
제대로 못 큰 사연 눈물 빼며 통사정하고
퉁퉁 불은 얼굴
얼었다 녹았다 또 몇 며칠
따끈따끈한 햇살 다시 찾아와 달래 주면
그제 사 춤추듯 몸 비틀며 말라 가는 무말랭이
아닥 아닥 상처의 쪼가리들 깨물다 보니
나도 어느새 할머니

마당 귀 국화꽃들 헤실헤실 지고 있다

신령한 나무

잎 무성한 철엔 그 나무 별로 눈에 띄지 않는다
겨울날 다 늦은 저녁때 아니면 어스름 새벽에 지나다 보면
울퉁불퉁 뒤틀린 밑동부터 억센 각도로 구부러진 줄기
용틀임하듯 솟구쳐 오르는 기운은 끝가지에 이르러서도
곡선으로 무더기무더기 펼친 듯한데
한 움큼씩의 여린 손가락들 하늘 향해 고물거리는 실가지
그 수많은 시린 손가락들의 바람은 무엇일까
언 하늘 아래 뿌연 콧김 토해 내며 기도하는 자세로 서서
손톱마다 힘을 모아 움켜쥐려 하는 것은 무엇일까

온몸 돌아 깊숙한 실뿌리 끝까지 요동치는 저 정령

벽 2

잠시 마주 하면
온몸 버팅겨 떠밀고 싶어

목울대 올라오는 것들
지그시 누르고

십 년 囚人 되어 마주한들
글쎄, 벽 저쪽 꿰뚫어 볼 수 있을까

곱게 삭아 동동 뜨는
식혜 밥알처럼
단물 짜내는 일 할 수 있을까

— 신영복의 감옥으로부터의 사색을 읽고

봄 눈

겨우내 참았던 말들
마구 쏟아 놓는다
숨 가쁘게 풀어 헤쳐
온 천지를 채운다
때리고 나부끼며
흔들고 부서진다
강퍅하게 언 땅
녹아지라
간절히 빌던 밤들
조금씩 얼었다 녹았다 하는 당신
눈물지으며 부드럽게 휘감아도 보는

조강지처

경칩 무렵
설설히 내리는 봄 눈

뻥튀기 할아버지

뻥튀기가 먹고 싶은 날
찰 강냉이 한 봉지 들고 바람 센 동강 다리 건너면
짧게 깎은 반백의 머리를 개똥 모자로 감춘
큰 키에 어깨 구부정한 할아버지
쉭쉭 가스 불 위 포탄 같은 기계에
강냉이 한 깡통 돌리다 김 한번 빼 주고
틈틈이 장기판 훈수도 하고
지난번처럼 잘못 튀겨지면 무르겠다는 한 사내에게
튀겨지면 튀겨지는 대로지 별수 있느냐며
화풀이하듯
펑!
들썩이는 컨테이너 박스 속 아낙들은 귀를 막는데
그 옛날 귀 막고 내빼다 모여들던 아이들 지금은 볼
수 없고
한 뭉치 자욱한 김 빠져나간 뒤
동글동글 예쁘게 잘 튀겨진 뻥튀기 한 자루 내밀고는
부리나케 장기판으로 다가가는 할아버지
덜 튀겨지면 질기고 너무 튀겨지면 허풍선이 같은 게

뻥튀기만은 아닐 것 같다는 생각
돌같이 윤나던 강냉이 알이
이렇게 바삭거리며 혀에 감겨들다니
못 잊을 옛 맛,
뻥튀기 공장 붉은 깃발이
강바람에 펄럭 펄럭
꽝꽝 얼어 번쩍거리는 동강
순한 회색으로 돌아눕는 저녁
얼마 안 되는 벌이도 뻥튀기 할 수 있다면!

어떤 저녁

투명한 진눈깨비
수천 개의 의 빗금으로 내리꽂히고
다리 난간 장식한 산불 조심 깃발들도
오늘은 걱정 없다 팔을 내렸네

아스팔트 검은 등줄기 위로
쉴 새 없이 오가며 진창물 튕기는 차들
응달진 뒷산,
두 팔 벌리고 늘어선
검은 복숭아나무 아래엔
하얗게 눈이 쌓여

이런 날엔 귀가하는 천사들 보듬어
보글보글 배추 시래깃국 구수한 식탁에서
몸도 마음도 늘씬 풀어지리

창 밖엔 눈물 글썽이며 계속 눈이 내리고

어린 매화나무

울진 버스부 지나 덕구온천 가는 길
왼쪽 개울가에 죽 늘어서 있는
막 사춘기 맞은 파리한 종아리의 소년 매화나무들
안개처럼 내리는 봄비 속, 오돌오돌 떨며 입술 달싹거
리기 시작하는
홍매 백매 청매 색색의 꽃잎들
이슬비에 젖어 애처로이 깜박거리던 눈동자
두 손으로 빗물 가려 주고 싶던 꽃들
여름방학에 내려 온 너의 종아리 같은,

오월 숲

상수리, 산 뽕 , 개살구, 아까시, 산초 등 온갖 나무의
삭정이 같던 팔에 내건
덜 여문 연두, 흐리고 진한 초록의 잎들
긴 팔 죽죽 뻗는 칡 순도 한몫
햇빛 시샘에 밀치고 휘어지고 으깨지면서도
제각각의 눈짓 어깨 짓으로 으싸으싸 들썩대며, 춤추
며 흥얼거리며, 살만하다, 피어 볼만하다, 뻗어 볼만하
다, 꿈 부풀어 올라
가쁜 숨 뱉어내며 하늘로, 하늘로 뻗어 오르는 숲
무덤 속 死者들도
벌떡 일어나 덩실덩실 춤 출 것 같아
나도 둥실 떠올라 하늘 끝 흐르다가
갑자기 눈물 푹 쏟을 것 같은
오월 숲

잎깔나무*

부드러운 팔 휘두르며 왜 그리 일렁대는가
태풍은 슬쩍 비켜 멀리 빠졌다는데
앞산 기슭의 한 무리 잎깔나무들
큰 키 물결치듯 흔들대며
무엇을 뒤쫓아 무엇을 움키고 무엇에 의지하고 싶은가
유월 숲속의 깃털로 된 부드러운 팔들이여
싱싱한 젊음이 요동치며 갈구하는 것은 무엇일까
끝내는 소중한 그 무엇을 향해
폭풍 부는 어느 날
말갈기 같은 팔 휘날리며 세차게 내달리고 싶겠지
그리하여
한 생의 보람으로
무엇을 뒤쫓고 무엇을 움키며 무엇에 의지하고 싶은가
잎깔나무여

* 잎깔나무 : 낙엽송의 순수한 우리 이름

이른 봄

솔잎 뭉글뭉글 피어올라 달려 온 숲
잣나무를 타고 청설모가 내려온다
묵은 잎 떨궈 푹신한 카펫 깔아 놓고
양편으로 쫙 갈라 도열하는 나무들
황사에 찌든 목
박하사탕 문 듯 한데
앙상한 잡목들 기지개 켜며
시작하는 물 올리기
묵묘 옆 비탈길엔
꿈결에 나왔을까
제법 굵은 토룡 한 마리
꿈틀대던 자세 그대로 뻣뻣이 얼어 있고
철부지 꽃다지
흙 묻은 얼굴로 노랗게 굳어 있다
어디서 겨울을 났을까?
간간이 지저귀는 새들도
아직은 입이 다 녹지 않았다

휘파람새의 말

　　아침 산책 끝내고 평지에 내려서자 시원한 생수 한 모금 목젖을 적시듯, 오늘도 어김없이 목 가다듬어 자꾸 말 걸고 있는 휘파람새, 새끼들 다 키워 훨훨 날려 보낸 이 가을, 떠나야 할 남쪽 하늘 바라보자니, 숨 가쁘던 지난 시간의 앙금들, 삼각산 봉우리 가슴까지 쌓인 안개처럼 완강하다. 살면서 인색했던 말 사랑했었노라, 남은 날 후회 없이 사랑하겠노라, 돌 같은 그대 마음에 깊은 홈으로 남고 싶어. 허투루 지저귀는 일 없이 휘파람처럼 호르르 굴려 보다 깍꿍 짧게 끊어도 보며, 그대의 귓가에 오래 맴돌 그 한마디 빚고 있다

2부

12월

한 무더기의 볼펜 중
잉크가 마르지 않은 볼펜은 몇 안 된다

뼈만 앙상한 풀밭을 건너자
포복했던 도깨비바늘 바짓가랑이 뚫고 살을 찌르는데
매운바람도 덩달아 뼈 속으로 혀를 들이 밀고

누구는 자꾸 외롭다고 그 누구의 팔소매를 붙들어
바람 부는 역전 광장 쉼터에 앉아 그 얘기를 풀어 놓는다

무한정 찬바람을 통과 시키는
허름한 외투 같은 12월

소식 뜸했던 동기들과도 통화하며
마음을 빗질하는 계절

옥색 하늘이 눈 덮인 구릉을 담쏙 안고
동그랗게 엎드린 12월

한강에서

한강 둔치 홀로 거닐던 노파
즐거운 잔치 벌린 청둥오리 떼를 보고 섰다

한참씩 물속으로 숨었다 후닥닥 털며 올라오는
진 갈매색 머리 수놈과 흰 수건 쓴 암놈
깃털 비벼 대며, 눈웃음치며, 깔 깔 깔 깔
새끼들도 소리 지르며 물장구치고
오랜 기다림 끝 재회의 기쁨 나누는가
바람은 강물을 요람처럼 흔들고

오래 전 치매 앓다 집 나간 가장
만날 수 없어도 소식이나 들었으면

책 속 압화 같은
마른 꽃 한 송이
막 떠나려 하는 강둑에서
먼 하늘 끝에 간신히 마음을 띄운다

나팔꽃

입동 지나 바작바작 말라 가는 넝쿨 건너뛰며
나 아직 이렇게 살아 있다 소리치는 쪽 빛 나팔꽃 몇 송이
간밤 무서리에 쪼그라든 입 착 붙어 버린 할머니 꽃들 옆
얼굴 활짝 편 손녀딸 꽃 몇 송이
油價 너무 오른다고 봐 주는지
느리게 언덕배기 올라서는 겨울
여름내 개망초, 달맞이꽃, 산나리, 온갖 꽃 둥둥거리던 이 동산
오늘 아침 뚜 뚜 몇 줄기 네 소리
귀에 쏙쏙 아프게 들어오네

그래 필수 있는 아침까지 굳세게 피어 보려마

모과

단단한 살피듬
속울음 울뚝 불뚝 옹이진 볼 따귀
초록 초록 치솟는 불길
뚝심으로 으깨며 홀로 지낸 마흔 해
아리고 쓰린 외동이 도시로 가고
의지하던 시아비도 먼 길 떠나고
큰 밭뙈기 외딴집에 홀로 매달려
심술스레 퉁그러져 폭 익어 버린

시고, 떫고, 매몰차다고?
과일 망신 다 시킨다고?

누구
이 몸 잘게 저며
꿀 속에 오래오래 재워 줄 이 없나요?

모래의 날들

불일 듯 뜨거운 햇볕
밤이면 몰아치는 칼바람
거친 바위산 쪼개고 훑어 우리들 태어났다
휘황하게 빛나던 별만을 우러르며
숨죽여 견뎠던 기나긴 밤들
한번은 솟구쳐 오르는 生이고 싶었던 우리들
어느 날 하늬바람의 갈기 붙들고
온 하늘 채우며 달리고 또 달렸었다

눈 떠보니
솔향기 싸아한 화진포 모래톱
남색 바닷물과 뜨겁게 포옹하고
간단없이 밀어 올렸다 끌어내리는 파도에 몸 맡긴 채
낮에는 게으른 하품 뱉어내며 낮잠도 즐기다가
서풍이 자주 부는 이른 봄날
이번엔 깊은 바다 속 내려와
색색의 산호 말미잘들이 촉수를 흐늘거리고
그 사이로 모여드는 수천 종

물고기들의 우아한 群舞
이따금 빚어지는 살상마저도 유연한 몸짓으로 끝나는
바닥에 어깨 포개고 엎드린 우리들
마른침 삼키며 바라보다가
정처 없는 물속을 또, 끝없이 흘러간다

배추 농사

어설픈 농사꾼 되어
작년엔 약 안치고 손으로 청벌레 잡느라
날마다 배추밭 서성거리고
병나자 득달같이 종묘사로 달려갔지요
백일 맞는 아가처럼 벙실벙실 잘도 벌던
배추가 그만 손이 너무 타 오갈병 들고 말았지요
올해는 벌레가 기어도 모른 척, 메뚜기나 잡고
목초액 막걸리 섞어 두어 번 뿌리고는
데면데면 배추 고랑 피해 멀리서 바라보기만 했지요
너희 들 스스로 알아서 자라는 거지, 내가 키울 수 있니
하늘이 알아서 비 뿌리고, 이슬 내리고
나는 헛골을 괭이로 슬슬 긁으며 무심한 척 바라만 보
았더랬죠
노오란 고갱이 앉을 무렵
작년엔 너무 헐겁게 묶어 속이 안 찼나
좀 조이게 묶어 주었더니
때 아닌 늦더위에 그만 속이 물크러진 게 반이나 되네요

맘대로 되는 농사
이 세상에 하나도 없지요

봄날

웅크렸던 검은 땅 벙그러져 속살 드러내며
사람들에게 마음대로 주물러 보라 하네
강냉이 호박 씨앗 슬쩍 슬쩍 묻어 놓고
기다려 보라 하네

밭가엔 어느새 손톱만 한 제비꽃 피어
하늘거리는 냉이 꽃 올려다보며 입술 방실거리고
산 속의 나무들 잎눈 부풀리는 소리
요술 부릴 채비 시작하고 있네

보자기 속에서 비둘기 날아오르지 않을까
마음 조마조마한 봄날

詩

꽤 고집도 심통도 있겠다
팔뚝 불그러진 힘살이며
터질 듯한 장딴지, 힘깨나 쓰겠다
장년은 넘었음직한데
다 떨구고 자랑스레 맨몸으로 서서
수많은 손들 손가락 펼쳐 무얼 얻으려는 것이냐
꽤 오랫동안 헛손질 깨나 했을 터
손가락 마디 더욱 구부러지고 팔뚝 상처는 덧나고
아직도 무언가 붙들어야 할 것 있다는 듯 하늘 향해
고함지르며 서 있는 늙은 느티나무

쑥국을 끓이며

건들건들 봄눈이
어물쩍 녹는 날이 잦으면
들판에 지천으로 돋아나던 쑥이 고마웠지
쑥개떡, 쑥국, 쑥밥까지 아무리 먹어도 탈 안 나던 쑥
고사리 손 어린 동생까지 양지쪽에 나와 반들거리는
콧잔등
발갛게 튼 볼로 쑥을 캐며 놀았지
밤이면 이불 속에 발 모아 넣고 둘러앉아 늦도록 깔깔
대다가
석유 닳는다 어서 불 끄라는 엄마 성화에 얼기설기 얼
크러져 잠들던 시절
일곱 남매 뉘어 놓고 들여다보면 잠이 안 온다던 가슴
애피
울 엄마

맘 놓고 투정 한번 부려 보지 못하고 사무실로, 양재
학원으로, 미용학원으로
푸른 꿈 접으며 흩어지던 우리들

검은머리 위로 밀가루 흩뿌리며 세월이 지나가고
비닐하우스에서 자라 머리채 치렁치렁한 쑥으로
소고기 완자 띄운 애탕국 끓여
건강을 챙기는
그때 엄마 나이의 나

열이레 달

구름 속 들락이며 흐릿한 빛 뿜는
가출한 누이 같은 달
막달 차 멀겋게 부풀어 쳐진 배 안고
힘겹게 흐르고 있었어요
개살구 꽃 흐드러진 등성이에
막막한 얼굴로 쉬고 있더니
의지 가지 없는 몸 흐늘대며
계속 따라오고 있었어요
자정 무렵 국도 달리는 나를
모른 체 할 거냐며, 계속 따라 오고 있었어요

유월 새벽 산은

꽃들 못 살게 간질이더니
요즈음은 작은 열매들 익어 산 속이 잔치 집이다
비탈밭 매다가 흙 묻은 손, 뽕 잎 따 대충 문지르고
살짝만 건드려도 그냥 이지러지는 오디
까치발로 가지 휘어잡고 한 알씩 따서 입에 넣다 보니
한참 유행인 오디빛 립스틱으로 10년은 젊어져
이번엔 뚝 아래 산딸기 덤불로 다가가는데
야경꾼 딱딱이 소리로
딱 두 번 씩만 내지르는 산지기 꿩 소리
저희들 먹이는 손대지 말라는 듯
심심하면 기적 울리며
터널을 빠져 나오는 검은 기차
유월 새벽 산은
탱탱한 수박 몸통
초록 바탕에 검은 줄무늬
가시에 찔리며 덤불 가르고 들어서자
올록볼록 매듭단추 같은 산딸기 한 무리
빨갛게 나둥그러지고

입동

된서리 두 번째 내린 새벽
산길을 오르다
버스럭 소리에 뒤돌아보니
툭, 툭 떨어지는 날개 접은 오동잎
나무는 화들짝 놀라 멀거니 바라보고만 섰고

서리에 꽃잎 처져 내린 가지런한 벌개미취 꽃술이 돌
아간 할머니의 쪽머리 생각나게 하고
차마 잡은 손 놓기 싫은 벚나무 복숭아나무 잎들도 떨
어져 서로 몸 부딪히며 비탈을 구르네

읍내로 내려오니
은행나무는 노란 잎 털어 수북이 쌓아 놓은 채 시침
떼며 서 있고
경운기 가득 총각무 싣고 온 할아버지
시린 손 비비며 시장 앞 난전에 젊음을 부리고 있네

신성한 숲

겨우내 덕지덕지 앉은 때
각질제거제로 지우고
진초록 눈망울 또록또록 굴리며
서릿발 머금은 갈매색 뾰족한 침으로 이루어진 부챗살 잎
쫙 펼쳐 하나하나 닦아
하늘 거울에 요리조리 비춰 보고
힘껏 물 빨아 올려 올봄에도 맨 먼저 봄 치장 끝낸 잣나무들
가없는 우주 공간에 우뚝 솟아 무엇을 수신하며 누구를 기다리는지
성성한 결기
퍼뜩 정신 들게 하는 잣나무 숲

황사

머릿속 뒤엉킨 생각
詩集 속의 살아 숨 쉬는 말들 엇갈려 돌고

약 안 먹고 버티는 몸살
베란다 광주리 속 메주 되어
속으로 떠가는데

형광등 닮은 해 멀뚱히 걸린 허공
유리문 흔들며 중국 귀신들 떼 지어 몰려와 휘파람 불
어 대고

강 건너 벚꽃 무리
저승처럼 멀어 보여

난폭한 발길 텅 빈 거리를 질주 할 때
무던한 앞산도 숨어 버렸다

오대산 국립공원에서

살만큼 살았다고 생각되는 나이가 되었지만
나는 제대로 산 것 같지가 않아
목울대 죄던 아픔도
폭포로 솟던 눈물도 지금은 없고
인공 눈물로 메마름을 적시며 살지만
너무 서둘지 말자 마음 다독이며
비탈과 고갯길을 오르내리다 보니 어느새 예까지 왔
구나
피돌기는 예전처럼 창창거리지 않아도 아직은 가슴이
뜨거워
한번도 들어보지 못한 들꽃들의 유정한 이름과 얼굴
들을 들여다보는데 만도
저무는 해가 모자란데
고조 할아버지뻘은 되는 키 큰 전나무 숲에서 다른 음
색과 다른 억양으로 노래하는
저 새들은 무엇을 말하고 싶은 것일까
이봄 부드러운 녹색 우단으로 천 갈이 한 푹신푹신한
소파로 동그랗게 둘러선 산말랑들

올려다보다가 다시 어깨 힘 빼고 스적스적 들어 선 산
책로
모란꽃 이파리 가만가만 져 내리는 곳에
헛된 욕심들 하나씩 내려놓고
나는 하나도 급할 일 없는 나그네
찬 이슬 내리기 전까지 천천히 걷고 또 걸을 것이다

안개꽃

성모님
우리들의 자애로운 어머니여
곱게 고개 숙이시고 늘 기도하시는 모습의 성모님
들으소서
못난 죄인의 기도 들으셨거든, 들으시거든
안개꽃 한 송이의 은총이라도
내려주소서
부디 모른 체 마소서
창고에 그득한 선물
딱 안개꽃 한 송이만큼이라도
성모님
바다 같은 은총 속에 살면서도
저희는 늘 목 마르오니

산속의 오후

10월 중순의 햇살은
더 쨍쨍 비춰라
더 따뜻하게 감싸라
점점 몸은 눅눅해지고
우리 모두들 따끈따끈하게 등판 데워 두자 겨울 오기
전에
세상모르고 죽죽 뻗어 올라
긴팔, 부드러운 어깨 서로 비비대며 모여 선 낙엽송과
잡목들
모기도 앵앵거리지 않고
새, 벌레, 모두들 왜 이리 숨죽이고 있는가
무릎 거름으로 다가가 치대고 싶은 외할머니 품 같은
양지 쪽 돌 위
호랑나비 한 마리 죽은 듯 나붓이 엎혀 있더니
기를 받았음일까
불현듯 솟구쳐 날아가고
졸고 있던 새들도 푸드덕거리네
모든 것들 아직 펄펄 살아 있네,
잠시 낮잠에 취해 있네

단풍나무 2

새벽마다 몸 가다듬는 체력단련실 뒤
등성이 끝 개살구나무들 틈에 좁은 단풍나무 두 그루
연초록부터 꽃 자주, 갈색으로 고운 빛 자랑하더니
온 겨울 찬 달빛 다 참아 내더니
참느라 기묘한 손가락 많이 곱아 있더니
우수도 한참 전
구겨진 빨래에 물 뿜어 펴던 어머니
그 어머니 닮은 하느님
그 하느님 닮은 봄비
오늘아침 우그러진 손가락 좍 좍 펴는 묵은 잎들
잘 견뎌 냈다 한생
손뼉 치듯 환호하듯 짝짝짝

3부

산책길에서

안산 공원 언저리 지루한 국도 공사 삼 년째
새들, 산딸기 오디 먹고 힘이 났나
오랜만에 반가운 꾀꼬리 소리
뒤따라 휘파람새
뻐꾸기도 뻐꾹 뻑 뻐꾹
풀섶 어디선가 꿩 꿩 하다가 푸드덕 날아오르는 장끼
골고루 두어 마디씩

불도저에 무참히 먹혀들어 가는 숲
새들 마음 놓고 노래 부를 수 없어
공사 소음 뜸한 신새벽에
옛 둥지 찾아와 울다 간다

산철쭉

봄 날
숲 길
홀로
나부끼며 걷다가

홀려서
잰걸음 다가가 본다

키 큰 연분홍 산철쭉
하얗게 바래서 피어

스치는 어릴 적 기억 한 토막
청상 큰 엄마 밥숟갈 들고 내쉬던 한숨

조곤조곤 들려주던 옛날 얘기
살포시 웃던 웃음 한 조각

딱 두 번씩만 내지르는 꿩 울음소리
내 가슴 툭 내려앉는 소리.

호박

몇 삼년을 포근하게 매만진 땅에서
온몸 활짝 펴 너불대던 호박순
새 땅 임자 주차장 한다고 뭉개 버린 날
하도 허전하여
두엄 냄새도 못 맡은 돌무더기 옆
철늦은 호박 모종 심어 놓고
살 부러진 양산으로 땡볕 가려 주고
물주며 아침마다 문안 드렸지
그런데 안개 자욱한 어느 아침
샛노란 호박꽃이 눈물 글썽이며 웃고 있었어
아기 손 크기 잎에 어른 주먹만 한 꽃
얼마나 꽃 피우고 싶었으면 이 처지에 꽃일까
꽃 피웠으니 열매도 맺어야겠다나
꽃 진자리 앙증맞은 아기 호박
더듬거리며 돌무더기 기어오르는 덩굴 뒤에서 새근새
근 잠들어 있다

상강

오늘이 상강이라고
된서리 어김없이 내렸다
피다만 꽃 매단 채
황달 든 늙은 호박잎
고물거리던 어린순
마디마다 맺은 새끼 호박들
거무칙칙 얼어서 까무러쳤다
시절도 아랑곳 않고 기를 쓰며 맺히더니만
등 다독이며 연한 몸 가려 주던 잎들
맥을 놓고 널브러져
이제는 다 헤쳐 보여줄 수밖에 없다
발자국 뗄 틈만 보여도
거침없이 뻗어 가 꽃피우고 열매 맺어,
여문 씨앗들 꼭꼭 채워 익혀 가더니
옹골찬 호박들의 생이 끝났다
까마귀 울음
찬 하늘에 박혀 바르르 떤다

전화

지금 거신 전화는 고객의 사정으로 통화할 수 없습
니다

초등학교 때 두 살 많아 언니 같던
떡장수 홀어머니의 막내딸
전쟁 때 갑자기 일곱 남매 안고 홀로 된 내 어머니를
눈 쌓인 삼십 리 길 걸어와 위로하던 친구

각각의 길을 찾아 헤어진 후
전실 소생 키우며 정신이 온전치 못하다는 소문을 들
었다

소식 두절된 지 십 년 만에 뜬금없는 돈 부탁을 거절
한 이후
다시 네 목소리 들을 수 없었다

설 지나고 흐벅지게 눈 내린 추운 날
그때 네 부탁 흔연히 못 들어준 내 용렬함이 두고두고

부끄러워
  애꿎은 다이얼만 또 돌려 본다

  지금 거신 전화는 고객의 사정으로 통화 할 수 없습
니다

채마밭

아파트 다용도실 창문으로 목 내밀어야 보이는 손바
닥만 한 땅
강낭콩 옥수수 상추 아욱 가지
거친 노끈에 목매어 늘어선 고추
왜 그리 시시각각
마음이 가는지
나를 지켜보고 있을 것 같은 사람들만 아니라면 온종
일 서성거렸을 밭 가
늦은 밤 나와서 들여다보면
풋풋한 그리움이 가슴을 채운다
딱딱한 사각의 실내 탈출
첫사랑에 가슴 앓는 계집애 같다

맑은데 바람이 좀 분다

찰박이며 투정 부리는 꽃샘바람이다
검푸른 제 색깔로 일렁이는 동해 바다
그런데 바다가 온통 자잘하게
허연 껍질 벗겨져 신음 중이다
가려운 아토피 피부 손톱으로 짓 뜯으며 보채고 있다
수평선 위엔 성냥갑만 한 기선 두 척
짝 달라붙어 움직일 줄 모르고
방파제 아래 부두 쪽엔 볼이 튼 어촌 아낙
고무장갑 끼고 절절 끓는 솥에 산 문어 한 마리씩 데
쳐 내어 팔고 있다
한 무리 관광객들 데친 문어 다리 하나씩 맛보며
초면인 나에게도 권하며
투박한 경상도 사투리로 좌판을 두들겨 대고
양지쪽 철망에 널린 생 새치의 붉은 속살이 민망한 대낮
투정부리듯 찰박대는 이런 꽃샘바람에는
바다도 유행을 타는지
아토피를 앓는 걸 처음 알았다

단풍나무 4

조막손이 쪼그라든 잎
떡 찌던 베 보자기같이 낡아
쥐었다 폈다 설한풍 끈질기게 참아 내어
잠자리 날개처럼 얼비치던
꺼풀만 남아도 마냥 매달려 있던 잎들
다 어찌하고
어느새 말끔한 한복으로 몸치장 끝낸 단풍나무
잎 벗은 카키색 몸피 잠시 내보이더니
고운 배래며 치맛단 찰랑찰랑
이른 새벽 꽃단장 끝내고 물동이 인 새색시 같은
하도 고와 가까이 가 들여다보니
벌써 잎 아래 기묘한 씨앗까지 매달고

바람아 불어 다오
수박색 고동색 자주색 초록색 미묘한 색깔로
미미한 바람에도 떨리는 잎들

씨앗아 멀리 멀리 날아가 다오

벌써 한해 농사 끝낸
번갯불에 콩 구워 먹을 단풍나무

빨래

세탁기가 돌고 있다
어제는 강가에 다녀왔다
강가의 소똥 먼지와
들꽃 부스러기, 민물고기 비린내
자동차 그을음
몸 부스러기들
비눗물의 소용돌이를 타고
신나게 돌고 짜고, 돌고 삶고, 헹구고 짜고
깨끗이 빨았다
우리는 세탁기 속 빨래처럼
날마다 서로 부대끼며, 더러움 씻어 내고, 찌꺼기 털
어 내고
갈피갈피 끼인 창자 속 기름때도
거친 먹이로 돌리고 돌려 씻어 내고
우리는 세탁기 속 빨래처럼
세상의 소용돌이 속, 서로 부대끼며
더러움 벗겨 내고, 찌꺼기 털어 내고
맑은 날 빨랫줄에 널린 눈부신 빨래되어
뽀송뽀송 말라가고

물오르는 나무들

나무는 눈을 맞지 않는다
떡 방앗간에서 갓 쪄낸 백설기 떡 목판 같은
기차역 승강장 지붕
저 아래 산비탈도 매끈한 스키장 슬로프가 되었지만
그뿐
무더기로 선 나무들 잔가지 움찔움찔
까만 몸을 들어낸 채 활개 치고 있다
조금만 떨구고 다 들여 마셨다고
발치에 쌓인 눈도 천천히 들여 마시는 중이라고
겨우내 타 들어가던 목숨
정말 살맛나는 건 우리들이라고

눈 내리는 밤에
나무들이 춤추고 있다

50년대

울도 없는 우리 마당까지 와서 놀던 금홍이네 검은 씨
암탉
일곱째로 낳은 유복자 안고 꼴깍꼴깍 침 넘기던 울 엄마
작은 엄마네 사랑방에서 살 때 울타리 삼아 심은 해바
라기 호박은
어쩜 그리 잘 영글었던지
식구들 모두 아랫목 이불속에 발 넣고 아랫집 오빠도
같이 해바라기 씨 까먹던
밤은 짧기만 했고
북풍받이 한데 부엌 불이 내어 새벽밥 못 짓고 엊저녁
싸 놓은 도시락 들고
십리 밖 정거장으로 뛰던 기차 통학 시절
그것도 못하는 동생 미안해 언 밥 삼키며 삭이던 그때
그 시절

김장김치

살면서 수십 번 담가 온 김장김치가 짜다
작년엔 너무 싱거워 물렀다고 꽃소금을 너무 친 탓
품 넓은 아낙처럼 슴슴하고 푸근해서 시원한 국물도
떠 마시고
죽죽 찢어 더운밥에 척척 걸쳐 부담 없이 먹혀야 되는데
금년엔 밭에서부터 가뭄에 시달려 오종종하니 포기가
작아
살짝 절였더니
너무 뻣세서 포기갈피에 꽃소금을 얹은 게 잘못 이었다
톡 쏘고 쨍한 맛이야 변함없지만
조금만 싱거웠으면 좋았을 것을
밥도 조금씩 먹는 요즈음, 싱겁게 먹으라는 요즈음
짠 김치라니 말도 안 된다
두리뭉슬 엎치락뒤치락 군내도 좀 피우며
쑥쑥 굴어들었으면 좋았을 걸
김치냉장고속 냉기에 꼿꼿이 살아
여름까지 익지 않고 버틸 태세로 쌩생거리고 있는 김치

떡갈나무 잎의 말

끈질기면 대수냐며
맨몸으로 선 나무들
회초리 팔 흔들며 잉잉 울고 있다
나도 갈색 코트 속 언 손을
그만 놓고 싶었지만
속앓이 하는 회색 하늘 우러르며 견디기로 했다

더듬거리며 봄은 와서
제비꽃 개살구꽃 모두 피고 진 뒤
작약 순 같은 아가야
너 돋아날 그때까지
언 손톱 빠지는 아픔쯤 견디고말고

나 그때 말없이 떠나도 되리

어떤 여유

국도 변 코스모스
봄부터 피더니

오가는 차 바람이
못살게 홀 때리고 문지르고 패대기치고

그래도 좋다네
코스모스는

찬 서리 오려면 아직 이라고
잔허리 흔들며 웃고 있네

아직은 남은 날이 소중하다고
부대끼며 사는 삶도 소중하다고

4부

수선집 아줌마

목욕탕 옆 수선집 눈 큰 아줌마
도시락 먹으며 늦게까지 일한다
애들 학비 가장 치료비
호박죽 쑤어 들고 먼 도시
큰 병원 남편 문병 다녀 온 날
눈에 넣어도 아프지 않을 늦둥이 외아들 귀여워
그래도 함박웃음 날리네

고칠 헌옷 숱한 사연
수선하면
마음도 미간도 펴지나
맑은 물에 부신 듯 해사한 얼굴

커피를 즐기던 아랫집 우울증 앓던 여자 마지막 길 보
내고
오늘 나와 마주 앉아 나누는 녹차 한 잔

갈라진 손끝에 매달린 세월들

도무지 수선되지 않는 삭신
천천히 잦아드는
늦은 오후 한 짬

금쪽같은 내 새끼

텔레비전 드라마 "금쪽같은 내 새끼"를 보다가
금쪽같은 내 새끼라고 나도 한번 불러 본다
공부가 중하다고 떼어놓고 온 아이들
하지만 네가 아니었다면 어떻게 오늘이 있을까
서울 만리동 학교 옆 자취방에 들러
찬거리 밀린 빨래 보살피고
태백선 통일호 밤차로 돌아오지 않을 수 없던 날들
검은 차창 마주하며 몰래 흘린 눈물이
모으면 한 자배기는 되었을 거다

여린 손으로 고3 오빠 도시락 싸며 공부하던 그때
쉰 병우유 구르는 어질러진 집안 치우며 야단만 치고
눈물 보이면,
등 두드려 주면,
치마꼬리 붙들고 따라 올까 봐

나의 작은 농장

늦은 저녁밥 국 끓일 아욱 베러 나왔다가
약 오르기 전의 풋고추 몇 개
야들야들 웃음 짓는 상추도 몇 움큼 뜯고
벌레에 뜯기고 조금은 쇤, 청경채도 몇 포기 바구니에
담고 일어서니
요 며칠 내린 장마에 키가 훌쩍 커, 알배기 시작한 옥
수수들
바람에 이리 저리 흔들리고
옹기종기 매달려 볼 비벼 대며 익어 가는 토마토들
어린 깻잎도 제법 향내를 풍긴다
밭모퉁이 살구나무
진보라 색 연지, 살짝 찍은 토종 살구 몇 알
밭둑에 떨궈 놓았다.

내 마음 그 자리

자칫 데일까 봐
모닥불 언저리
뜨거운 모래밭도
사리며 걸어 온 날들

칠월 햇살 하얗게 쏘아 대는데
산수국 헛꽃 건 듯 핀 숲길
칠연폭포, 태어난 곳에 올랐다

한 어머니 태에서 나온 칠남매
제 각각의 크기와 빛깔로 꾸리는 삶
도란도란 자그마한 폭포들
닐리리 가락으로 누워 있어
어릴 적 잠자던 모습

지금 물은 연속 낙하 연습 중
때로 시새워 눈 흘기고 꼬집고 눈물 흘리며
센 물살 소스라치도록 아프게 씻기우며 넘쳐흐르는

뜨겁게 사랑하지 못했던 회한

이 여름
새빨간 선인장 꽃으로
다시 피어나고 싶은

첫 이별

콘크리트 바닥 좁은 뒤 곁에서
밥 먹고 똥 누고 목줄 쩔렁대면서도
궁둥이 내둘내둘 즐겁기만 하던 복순이
방학 때 밤 기차 타고 온 형아 누나 목소리 들리면
큰소리로 끙끙대던 복순이
내가 가서 껴안고 얼러도
너 말고 형아 좀 보자던
영리하고 엽엽하기 참배 맛 같던 복순이
날마다 너를 안고 놀던 날이 몇 년 이었지
어느 날 학교에서 돌아와 너를 보러 뒤곁에 갔으나
너의 모습 보이지 않고
늦게 핀 복사꽃만 낯을 붉히고
사슴 목장 휠휠 뛰어다니게 됐다는
그러니, 너무 섭섭해 말라는 엄마 말씀
나는 암말 못하고 저물도록
강가에서 울다 돌아왔고

사고

정말 눈 깜짝할 사이
찌그러진 차의 앞머리
튕겨져 나온 스티로폼 부품 사이로
흘러나온 찐득한 검은 액체
우리들은 몇 초 후의 사고를 예측 못하고
희희낙락 잡담을 늘어놓다
꽝 소리에 눈떠 보니
길 아래 세워 둔 차를 들이받고 말았다
첩첩 산 나무들
뭉텅이뭉텅이 끼워진 눈 털어 내느라 낑낑대는 오후
용마루 내려앉은 비닐하우스 속
뭉개진 토마토의 비명 소리
백년만의 3월 폭설이 휩쓸고 간 뒷날
무모한 용기를 말리다 따라 나선 길
우리는 그만하기 다행이라며
찌그러진 차 추슬러 외눈깔로 달빛 부여잡고
엉금엉금 기어 돌아오던 밤
곳곳에 유리구슬 숨겨 놓고 시침 떼는

장난꾸러기 빙판길
길은 끝없이 펼쳐져 우리를 손짓하고
오만한 우리를 가끔씩 넘어뜨리고
낄낄 웃으며 낄낄 웃으며

사물을 배우다

덩 덩 덩 덩 덩 덩 덩 다다다
우리는 덩달아 여기 온 게 아니다
TV 앞에 엎드려 하품이나 하는 여유로운 여자들이 아
니다
남의 땅에 심은 콩이 풀 속에 묻혔어도 짬 내 여기 온
옥이 씨
갱년기 증상 앓는 끼 많은 식당 아줌마
한쪽 몸 부실한 남편 보며 억장이 무너지는 성자 씨
나도 일초가 금 같은 새내기 시인
엉킨 풀숲 같은 세상 일 밀쳐 두고
목마르게 달려 온 우리들
덩 다 궁 다 더더 덩 더더 덩 장구채를 들다
북통같은 소 뱃구레 움 머
윤기 탱탱 말 궁둥이 히히힝
이쪽저쪽 번갈아 은근슬쩍 두드리며
휘몰이 가락 따라 상큼한 호흡으로
짬짬이 눈 마주치며
우리 모두 한 덩이로

살아온 인생만큼 눅진한 가락 뽑아
이 시간 흠씬 빠져들 보자며
덩 따따 궁 따 궁따

산호 반지

깊은 바다 속 붉은 줄기로 영글어

물고기들 휘젓는 서슬에 굿거리장단으로 흥겨웠던 산호

어느 날 끌과 창에 잘리어 나와, 금으로 세공되어

막 푸른 기 가시기 시작한 그녀와의 동행이 시작되고

비누 거품 같은 열망 부글거리는 그녀

작은 사랑의 눈짓에도 울고 웃는 그녀

상기한 볼 누그러뜨리자

그녀 다독이며

한세월 그렇게 참고 살았지

언제부턴가 번쩍이는 다이아가 득세하는 날들이 오고

바알간 순정은 하찮은 것이 된 날

서랍 구석에 처박혀 어금니 사려 물고 울며 지냈지

그리고 한세월 지난

오늘 아침 살적이 희끗한 그녀

문득 날 세상 구경시켜 주네

나는 깊은 숨 내쉬며 단숨에 바다 밑 다녀와

미역 냄새 향기로운 숨결 머금고 나와

그녀에게 뿜어 줘야지

무뎌지고 삐걱거리는 그녀 작은 미풍에도 살랑이는
들풀로
뜨거운 가슴으로 일으켜야 해
울지 마 울지 마
자, 상큼한 딸기 한 입 베어 물며
다시 한 번 힘차게 날아올라 봐
이봄을 마음껏 노래하는 종다리가 되어 봐

손목시계

오래된 금장 오메가 손목시계
울화병 치밀어 죽고 말았다

20년 동안 한 달이나
바깥 구경 시켰을까

화산처럼 치미는 울화 다스리며
과녁을 찾는 초침
끝없이 돌고 돌며 가리킨 방향들
그러나 아무것도 꿰뚫지 못한 헛손질

톱니로 제 몸을 찍으며 보낸 시간들
멍하니 누웠어도 늙기는 마찬가지

장속에 갇힌 새
울화병 치밀어 죽고 말았다

아까시 꽃

주체하지 못하는 속내
알알이 향 짙은 꽃송이로 매달려
나 몰라라 날숨마다 꿀을 흘리다가
사지를 꺾을 듯한 간밤 비바람에
모두 뛰어 내려 진창에 노랗게 입 맞추고 끝낸
무작정 가출한 철부지 소녀

하느님 감사합니다

여덟 살 외손자 지훈이가
하느님 감사합니다 외치며
풀장으로 뛰쳐나간 오후
우리는 오랜만에 숙면을 취하고 깨어나
향기로운 술 한 모금 입 안에서 녹이고 있다
후두둑 소나기가 더위를 낚아채 간
여기는 열대의 나라 괌의 해변

어제 밤 공항에서 호텔로 이동 중인 버스 안
호텔에 도착 하자마자 체크 인 시켜 드리겠습니다
가이드의 말 귀 쫑긋하고 듣고 있던 지훈
조금 천천히 치킨 시켜 주면 안 돼요?
나는 배가 좀 아픈데
버스 안은 폭소의 도가니

방안에서 내려다보이는 물가
검틱틱 바래 가는 야자수 잎
별 떨기 같은 흰 꽃을 관처럼 쓴 나무들

하느님 정말 감사합니다
엊그제 맏아들 같았던 이가
칠순이라뇨?
시간은 선풍기 바람처럼 쉬지 않고 돌아가고
하느님 감사합니다 팀 아직도 돌아 올 줄 모르는 베란
다에 앉아
나는 십 년 후의 그림을 그려 본다

친정집

점심 드셨어요?
사발면 먹었다
보리밥에 상추 비빔밥을 즐겨 드시더니
왜 목소리가 그래요? 숨차세요?
아니, 숨찬 세월 다 지났지
오십 년 새벽기도
홀어미 매운 세월, 일곱 남매 키우시고
아들들 지척에 두고 홀로 사시는
황국처럼 시들 줄 모르는 어머니
요실금만이 문제인
米壽의 어머니
씻고 빨래하고 닦다가 해 저물고
늦게나마 증손자 본 일이 그렇게도 흡족하고
TV 이산가족 상봉 장면을 보면서
콜라만 들이키셨다는 어머니
저녁마다 죽었는지 전화해 보라며
오늘은 울먹이시는데
종일 켜 놓는 TV 웅성거림 속
천리 밖 친정집

달력을 떼며

금년 들어 두 번째 달력을 떼어 낼 시간
수수만의 날들이 쌓여 나를 기다린대도
휴지처럼 구겨서 집어던지든지
곱게 채색해 잘 개켜 두든지
그것은 온전히 내 뜻 대로다
내하기 나름
울울창창 백두대간도
상상봉 올라 바라보면
소꿉놀이 조개껍질 엎어 놓은 듯
천지는 이렇게 부드럽고 가이없는데
왜 상처 입고 구겨져 던져질까 보냐
수 수억 개의 아직 떠오르지 않은 해가 몽글몽글 자라
고 있을
저 산봉우리 뒤를 상상해 보면서
콸콸 흐르는 핏줄을 느껴 볼 일이다.

휘몰이

난 휘몰이가 어렵다
휘몰아치듯 같은 장단 치다 보면
신 오른 무당처럼 마구 두들기게 된다
채편을 마구 두들기며 숨 가쁘게 달리게 된다
내가 사물을 배우러 왔지,
푸닥거리 하러 온 게 아닌데
한풀이 하러 온 게 아닌데
앞에서 뒤에서 지적하며 눈치 줘도
쉽게 고쳐지지 않아
마음 추스르고 냉정하자
두 눈 똑바로, 귀 쫑긋 바로 보며 배우자 해도
급하게 튀어 오르는 마음 고삐 잡아챌 재간이 없다
채 너무 꼭 쥐어 손마디 아프고 어깨도 욱신거리는데
휘몰이 가락은 나를 일으켜 세우고
황야를 달리는 소 떼처럼 달리게 하고
먼지로 눈앞이 뿌예진다
그래도 나는 마구 달려 나간다
때로는 무모하게 달려 나가기라도 해야

무언가 될 것 같은
저기 끝이 보이는 人生처럼

첫사랑

그날 저녁
검은 하늘과
요동치며 달려와 해안에 몸 뒤틀며 부서지던
누런 파도
머리칼 곤두세워 흔들던 찬바람의 해변 도로
좀 걷자 해서 따라 나섰더니
정작 할 말은 무엇이었는지
입대를 앞둔 백면의 청년이던
직장 안 연애를 금기시하던 그 시절
바른생활 모범 직원이던 그와 나
할말은?
듣고 싶은 말은?
변죽만 헤매는 그에게
뚱딴지 잡사로 답하며
길은 곧 끝이 나는데
어울리지 않게 노회한 마음속 저울질
패기라곤 없던 두 청춘
걷는 길이 짧으면 될 것도 안 돼

결국 그의 제대 직전
예상보다 빨리 내가 먼저 떠나오고

한번도
마음껏 무모하게 타오르지 못해 본 삶
아주 저물기 전
그 해변 도로에서 만나
반백의 머리 바람에 날리며
그때 듣지 못한 얘기 들어 보고 싶어라

보따리

업고 걸리고 닭, 돼지 치며 살던 시절
게으르고 무심한 그를 원망하며
부부 싸움 뒤 울면서 보따리를 싼 적이 있지
맨 먼저 꺼낸 게 하필이면 융을 대고 기운 분홍 팬티
그 뒤로 싸운 뒤 풀어질 때는 꼭 기운 팬티 얘기로 웃
곤 했다
떠날 때 가져갈 것이 겨우 기운 팬티밖에 없었느냐고
개울가 돌에 문질러 빨래하던 시절
애들, 사과 반쪽씩만 먹이던 긴축의 시절
그 뒤 살면서 여러 번 보따리 싸고 싶었지만
그때마다 기운 팬티는 날 누그러뜨렸고
더 심각하게 보따리 싸려 했을 때는 아이들이 발목을
잡았었다
지금은 갈 데도 없지만 갈 생각도 없다
왜? 기운 팬티가 없어서
요즈음이라면 누가 보따리를 쌀까
카드를 챙기겠지

그러면 정작 아주 먼 길 떠날 때
우리는 무엇을 챙기지?

흑임자죽

7월 장마 슬쩍 비킨 하늘
연기 같은 구름 흩어지는 8층 병실
목에 호스를 박은 50대의 커크 더글러스 닮은 남자
딴 환자 한 발 앞서 "식사 하세요" 간호원이 유동식
주머니 달아 주고 나간 후
못 드시죠? 하며 내가 내민 따뜻한 흑임자죽 한 컵을
냉큼 거기에 흘려 넣고
흐뭇한 표정 짓는
걸음걸이도 성큼성큼, 훼손된 허스키로 웃길 줄도 아는
아내도 자식도 외국에 있다는
머리에 붕대 감은 이웃 환자의 비포어 앤 애프터 촬영
도 해 주고
김삿갓 전기를 읽으며 싱글거리던
우엉 졸임을 꼭꼭 씹어 삼키다가 문득 마음이 짠해지던
지금도 자꾸 생각나는 남자

삶의 아름다운 발효 그리고 밥알 같이 성스런 시편들

— 고인숙 시집을 읽으며

강형철
(시인, 숭의여대 교수)

1.

새삼 시와 삶의 생성 관계에 대해 생각한다. 분명 삶이 먼저 존재하는 것이고 시는 그 뒤를 따라오는 것일 텐데 때로는 시가 먼저고 삶이 뒤따를 때도 있다. '때로는' 이라고 조건을 붙인 이유는 삶이 진실되게 시로 이행하는 과정에서 그 시가 감당하고 있는 진실이 삶의 구체적인 제약을 넘

어 그야말로 시인들이 늘 꿈꾸는 최고의 경지라고 할 수 있
는 즉 시가 삶을 끌고 가는 경우가 있다고 생각되기 때문이
다.

그러나 대개의 시는 삶이 전하는 진실을 옮기는 일도 제
대로 하지 못하고 엉뚱한 곳으로 이탈하고는 그 엉뚱함을
이른바 상상력이니 어쩌니 하면서 호도하는 경우가 많은
것이 우리 시의 현실이 아닌가 싶다.

고인숙의 시를 읽으며 제일 먼저 떠오르는 생각은 바로
이 점이다. 그의 시들이 삶의 진실에 순종하고 있으며 때로
그 순종의 영역을 뛰어넘어 그야말로 빛나는 시의 성취를
이루어내곤 한다. 고희의 나이가 주는 여러 하중이 있기 마
련인데 그 하중을 좋은 시인이 되고자 하는 열망으로 견고
하게 다스리면서 한발 한발 정말 정성을 다하여 시의 행보
를 하고 있다.

시인은 강원도 영월에 살면서 틈이 나면 밭을 가꾸고 때
로 건강을 위하여 산책도 하면서 가끔은 자식들이나 가족
들의 일로 여타의 곳으로 출타도 하고 또 시간을 내어서 여
느 노인들과 함께 사물놀이도 배우고 이 모든 것으로부터
생기는 소회들을 시로 정성스럽게 받아 남기고 있다. 물론
고희의 나이에 없을 수 없는 인생의 낙수 또한 가지런하게
정돈하며 열심히 살고 있다. 얼핏 보면 문학소녀처럼 소박

하다고 느낄 수도 있는데 그의 시들을 따라가다 보면 삶의 현장을 뛰어넘어 삶과 우주의 본질에까지 육박해가는 진지함이 엿보이는 것이다.

알고 보면 인생이란 별것이 아니었다는 것을 체감하고 이를 수용하는 것이라는 생각인데 고인숙의 시는 그 실감들을 고스란히 옮기면서도 더욱 겸손하고 또 아름답게 자신 앞에 배당된 시간들을 가꾸어가고 있다.

2.

이 시집은 4부로 구성되어 있는데 먼저 1부에 실려 있는 두 편의 시를 보자.

　　겨울날 산모롱이 찬바람 헤치고 온
　　할머니 흰 옥양목 치마폭에서 풍기던 내음
　　못생긴 가닥 무 골라 무말랭이 썰어 말린다
　　초겨울 햇볕과 바람
　　한나절 어루만져 꾸덕꾸덕 해 진 뒤
　　영하의 밤 맞아
　　제대로 못 큰 사연 눈물 빼며 통사정하고

퉁퉁 불은 얼굴

얼었다 녹았다 또 며칠

따끈따끈한 햇살 다시 찾아와 달래주면

그제 사 춤추듯 몸 비틀며 말라가는 무말랭이

아닥아닥 상처의 쪼가리들 깨물다 보니

나도 어느새 할머니

마당 귀 국화꽃들 헤실헤실 지고 있다

— 「무말랭이」 전문

잎 무성한 철엔 그 나무 별로 눈에 띄지 않는다

겨울날 다 늦은 저녁때 아니면 어스름 새벽에 지나다보면

울퉁불퉁 뒤틀린 밑동부터 억센 각도로 구부러진 줄기

용틀임하듯 솟구쳐 오르는 기운은 끝가지에 이르러서도

곡선으로 무더기무더기 펼친 듯한데

한 움큼씩의 여린 손가락들 향해 고물거리는 실가지

그 수많은 시린 손가락들의 바람은 무었일까

언 하늘 아래 콧김 토해 내며 기도하는 자세로 서서

손톱마다 힘을 모아 움켜쥐려 하는 것은 무엇일까

온몸 돌아 저 깊숙한 실뿌리 끝까지 요동치는 저 정령

앞의 시는 무말랭이 만드는 과정을 시로 옮기고 있고 뒤의 시는 마을 입구나 중앙에서 흔히 볼 수 있는 늙은 느티나무를 노래하고 있는 시다. '무말랭이'는 우리 선조들이 대대로 이어오는 먹을거리의 하나다. 그 선조들의 모습을 시인은 '옥양목 치마폭에서 풍기던 내음'이란 말로 요약하고 그 선조들과 함께 무를 썰어 말린다. 거기에 초겨울 햇빛과 바람 그리고 영하의 추위를 통과시킨 뒤 꾸덕꾸덕하게 되었을 즈음 입에 물어 제대로 되었는지 확인한다. 그런데 우리가 이 시에서 주목할 것은 그 다음 행에서 갑자기 그 무말랭이가 '할머니'가 되어버린다는 점이다. 그러고 보면 이 시는 무말랭이를 그리고 있는 것이 아니라 이 땅에서 우리의 역사와 삶을 한명의 평범한 사람이 감내하며 도달한 인생의 역정을 노래하고 있는 시라는 것을 깨닫게 된다.

화려하고 떠들썩한 모습이 아니라 우리의 삶에서 그야말로 소박하기 짝이 없는 밑반찬인 무말랭이야말로 자신의 모습이며 이 땅의 대부분의 사람들의 인생역정이라는 것을 잔잔하게 웅변하고 있는 것이다. 이러한 대담한 긍정이야말로 시로 우리 땅의 역사를 지탱하는 민중의 힘에 대한 넉넉한 긍정이 아니겠는가!

　뒤의 시는 느티나무에 대한 묘사의 시다. 그야말로 소박한 느티나무에 대한 묘사인데 그 나무는 평소에는 별로 눈에 띄지 않는다. 공자는 역사서의 이름을 춘추(春秋)라 하여 봄가을에 피는 꽃과 맺는 열매에 의하여 서로 다름이 증명되고 그 가름으로 역사의 줄기를 기록하였다지만 시인은 한겨울 그 잎과 열매가 다 사라진 뒤의 골격으로써 다름과 존재의 본질을 밝히고 있다. 그 점에서 훨씬 그 본질에 더 가깝게 육박한다. 더구나 시인은 그 나무의 본질 앞에서 그 본질의 저 너머를 주목하고 있다. 느티나무의 밑뿌리에서 끝의 잔가지 하나하나에까지 스며있는 정령을 보고 있는 것이다. 느티나무에 정령이 가득하다니!

　이러한 안목은 쉬이 발견되지 않는 것이며 바로 그 점에서 고인숙 시인이 도달하고 있는 시의 영역을 우리가 겸허하게 주목할 것을 요구하고 있는 것이다.

　삶의 기다림 속에 얹혀있는 인내를 노래한 「고들빼기」, 상추나 방울토마토가 밭에서 주고받는 이야기를 형상화한 「남새밭 연가」, 삶의 쓸쓸함을 넘어가는 유머와 여백이 잘 드러나고 있는 「들깨밭」 등등 어느 작품을 읽어봐도 그냥 허투루 씌어진 시가 없다.

　'신영복의 감옥으로부터의 사색을 읽고'라는 부제가 붙

은 「벽 2」라는 시가 그의 시를 형상화하는 지난한 과정을
보여주고 있다고 우리는 인정할 수밖에 없다. 시에서 그는
그 책의 내용을 읽고 느끼는 소회를 '십 년 씨ㅅ되어' 면벽
수도한 후 마침내 '곱게 삭아 둥둥 뜨는 식혜밥알'로 묘파
하고 있는데 고인숙의 시편들이야말로 고희의 나이가 지
난 삶을 발효시켜 내뿜는 밥알 같은 시편이라고 아니할 수
가 없는 것이다.
　　그런데 여기에서 다시 한 번 주목할 것은 그러한 깨달음
이 신명을 거느리고 형상화되고 있다는 점이다.

　　　상수리, 산 뽕, 개살구, 아까시, 산초 등 온갖 나무의
　　　삭정이 같던 팔에 내건
　　　덜 여문 연두, 흐리고 진한 초록의 잎들
　　　긴 팔 죽죽 뻗는 칡 순도 한 몫
　　　햇빛 시샘에 밀치고 휘어지고 으깨지면서도
　　　제 각각의 눈짓 어깨짓으로 으싸으싸 들썩대며, 춤추며, 흥
　　　얼거리며, 살만하다, 피어 볼만하다, 뻗어 볼만하다, 꿈 부풀
　　　어 올라
　　　가쁜 숨 뱉어내며 하늘로, 하늘로 뻗어 오르는 숲
　　　무덤 속 死者들도
　　　벌떡 일어나 덩실덩실 춤 출 것 같아

나도 둥실 떠올라 하늘 끝 흐리다가

갑자기 눈물 푹 쏟을 것 같은

오월 숲

—「오월 숲」 전문

얼핏 읽으면 5월의 숲을 풍경대로 묘사하고 있는 것처럼 보인다. 그 숲에서는 삭정이 같던 가지에서 싹이 트고 칡은 솟아올라 다른 나무들 사이에서 용트림을 하고 있으며 상수리와 산 뽕은 그 열매를 맺기 위해 몸부림을 치고 있다. 그런데 이 시의 말미에 시의 화자는 갑자기 눈물을 쏟을 것 같다고 말한다. 물론 신명으로 들떠 울 수도 있지만 실은 이 시가 저 80년 오월의 광주 민주화운동에 대한 상징적 시편임을 알아채야 한다. '무덤 속 死者' '으깨지고 휘어지는' 모습들은 그날의 모습에 대한 시인 나름의 형상인 것이다. 그렇다면 시인은 이제는 화석이 되어버린 광주 5월을 그동안의 세월 속에서 참된 의미가 실현되는 과정으로 보고 이에 맞추어 시를 쓰고 있는 것이다. 딱딱하기 그지없는 주제를 숲의 아우성과 아름다움으로 치환시키되 그 숲이 지닌 신명을 살려보기 위하여 긴 행을 할애하여 춤추고, 들썩대고 뻗어보면서 살아 볼만하다고 신명을 내고 있는 것이다.

3.

이러한 신명은 2부에 묶여 있는 시들에서도 여전히 관철되고 있다. 그러나 2부의 시들은 고희의 나이가 좀 더 일상화된 모습으로 형상화되고 있다. 그러나 이들 시편도 앞서본 바와 같은 시적 전략이 그대로 관철되고 있다. 다음의 시를 보자.

어설픈 농사꾼 되어
작년엔 약 안치고 손으로 청벌레 잡느라
날마다 배추밭 서성거리고
병나자 득달같이 종묘사로 달려갔지요
백일 맞는 아가처럼 벙실벙실 잘도 벌던
배추가 그만 손이 너무 타 오갈병 들고 말았지요
올해는 벌레가 기어도 모른 척, 메뚜기나 잡고
목초액 막걸리 섞어 두어 번 뿌리고는
데면데면 배추 고랑 피해 멀리서 바라보기만 했지요
너희 들 스스로 알아서 자라는 거지, 내가 키울 수 있니
하늘이 알아서 비 뿌리고, 이슬 내리고
나는 헛골을 괭이로 슬슬 긁으며 무심한 척 바라만 보았더
랬죠

노오란 고갱이 앓을 무렵

작년엔 너무 헐겁게 묶어 속이 안 찼나

좀 조이게 묶어 주었더니

때 아닌 늦더위에 그만 속이 물크러진 게 반이나 되네요

맘대로 되는 농사

이 세상에 하나도 없지요

—「배추농사」 전문

이 시에는 유기농으로 지어보는 배추 농사의 전 과정이 그려지고 있다. 한 해 전에는 약을 일절 안하고 손으로 청벌레 잡으며 키웠지만 손을 너무 타 오갈병으로 다 망치고 만다. 다시 올해에는 해충을 예방하기 위하여 그야말로 최소한의 것만 막걸리 섞어서 뿌리고 배추 스스로 크도록 해봤지만 결과는 마찬가지, 속이 물크러진 게 반이나 되는 배추농사를 얘기하고 있다. 그런데 시인은 시의 말미에 '맘대로 되는 농사 하나도 없지요'란 체념어린 말을 덧붙이고 있는데 그 말에서 우리는 자식농사라는 것이 맘대로 되지 않는다는 것을 중의적으로 하고 있다는 것을 금방 알게 된다. 그러나 시인이 말하고 있는 것은 거기에 그치고 있는 것은 아니라는 것이 필자의 생각이다. 한동안 우리는 '환

경' '생태' 등의 말을 마구 하면서 거의 습관이나 유행처럼 생태학을 말하였지만 그것을 구체적으로 실천해나가는 일은 여전히 소홀한 것이 우리의 현실이다. 시인은 시인들마저 그런 소중한 의미를 유행처럼 소진하고 있다는 것을 비판하고 그것에 대해 다시 한 번 환기시키고자하는 의도가 이 시에 담겨있다고 판단된다. 그럼에도 불구하고 시인은 담담하게 자신의 실패사례를 내보이며 참으로 그것의 실천은 지난한 일임을 대담하게 긍정하고 있다. 이 겸허함의 전략이야말로 고인숙 시가 지닌 또 다른 매력이라고 생각한다.

시인은 바로 그런 마음을 「봄날」라는 시에서는 한 알의 씨앗이 싹이 트는 게 기적이라고 말하고 있으며 싹이 트는 순간을 조마조마한 마음으로 기다리는 모습으로 보여준다. 그에게 자연은 그야말로 피붙이며 같이 밥을 나누는 식구인 것이다. 그러한 섬세하고도 정밀한 눈은 「모래의 날들」이라는 시편에서 더욱 확장된 모습으로 나타난다. 거대한 암벽이 어떻게 모래가 되며 그 모래가 어떤 경로를 거쳐 바다에 이르는지 또한 그 바다에 이르러서도 그 속에서 만나는 해저 식물들과 어떻게 조화롭게 그 생애를 다하는지 애정을 다하여 조심스레 형상화하고 있는 것이다.

물론 2부의 시편에서는 고희의 나이가 주는 어쩔 수 없는 회한도 드러내고 있다. 무한정 찬바람을 통과시키는 「12월」을 허름한 외투 같다고 말하는 모습에서, 집나간 가장을 그리는 한 노파의 쓸쓸함을 그리고 있는 「한강에서」, 가난했던 시절 자식들을 위해 헌신하던 어머니를 그리워하며 문득 자신이 그 나이가 되어버렸다는 뼈아픈 각성이 그려져 있는 「쑥국을 끓이며」등의 시편에서 확인하는 것이 바로 그 정서다.

그러한 모습이 가장 확실하게 드러나는 다음의 시편을 보자.

살만큼 살았다고 생각되는 나이가 되었지만
나는 제대로 산 것 같지가 않아
목울대 죄던 아픔도
폭포로 솟던 눈물도 지금은 없고
인공 눈물로 메마름을 적시며 살지만
너무 서둘지 말자 마음 다독이며
비탈과 고갯길을 오르내리다 보니 어느새 예까지 왔구나
피돌기는 예전처럼 창창거리지 않아도 아직은 가슴이 뜨거워
한번도 들어보지 못한 들꽃들의 유정한 이름과 얼굴들을 들여다보는데 만도

저무는 해가 모자란데

고조 할아버지뻘은 되는 키 큰 전나무 숲에서 다른 음색과
다른 억양으로 노래하는

저 새들은 무엇을 말하고 싶은 것일까

이봄 부드러운 녹색 우단으로 천 갈이 한 푹신푹신한 소파
로 동그랗게 둘러선 산말랑들

올려다보다가 다시 어깨 힘 빼고 스적스적 들어 선 산책로

모란꽃 이파리 가만가만 져 내리는 곳에

헛된 욕심들 하나씩 내려놓고

나는 하나도 급할 일 없는 나그네

찬 이슬 내리기 전까지 천천히 걷고 또 걸을 것이다
　　　　　　　　　　　―「오대산 국립공원에서」 전문

　삶의 소회를 가감 없이 그리고 있는 시다. 시의 화자는
살만큼 살았지만 제대로 산 것 같은 인생을 산 것이 아니라
고 생각하며 쓸쓸해 한다. 실제로 시의 화자는 눈물샘이 말
라 인공눈물로 울음을 울고, 들꽃들을 음미하며 그 이름을
부르기에도 생의 남은 시간이 별로 없는 처지다. 그러한 상
황에서 오랜만에 오대산 국립공원을 이 생각 저 생각 하면
서 걷고 있다. 고조할아버지뻘 되는 전나무를 등에 지고 먼
산말랑을 올려다보면 산들은 푸근한 우단처럼 펼쳐져 있

다. 산천은 아직 싱싱하건만 지나온 세월 굽이굽이 회한도 많다. 그런 정황에서도 시의 화자는 정신을 가다 듬는다 '찬 이슬 내릴 때가지 걷고 또 걸'어야 한다고.

그런데 매우 흥미로운 일은 그러한 쓸쓸함을 지워가는 방략을 나름대로 지니고 있다는 점이다. 「모과」라는 제목의 시를 보자. '모과'는 그 모양이 썩 아름다운 것은 아니다. 그러나 그 향기는 모든 사람을 매혹시킬 수 있고 이를 차로 만들어 먹을 때는 여러 가지로 유용한 것이다. 시인은 말한다. "심술스레 퉁그러져 폭 익어버린"모과를 보고 '시고 떫고 매몰차다고? 과일망신 다 시킨다고?"그렇게 물은 뒤 말랑말랑한 제의를 한다. 누구 이 몸 잘게 저며 꿀 속에 오래오래 재워줄 이 없"느냐고 묻는다. 이즈음에서 우리는 모과의 말을 따라 빙긋이 웃음을 지을 수밖에 없다.

세상의 간난신고를 거친 연륜을 지닌 사람만이 가질 수 있는 점잖은 여백이다. 그 여백의 힘으로 오늘도 시인은 자신 앞에 주어진 생애를 살고 있는 것이다. 때로 「6월 산」에서도 신명을 찾아내고 「입동」날에도 건강한 삶을 불러 영위하고 있는 것이다.

4.

　3부와 4부의 시편들은 시인 고인숙의 구체적인 삶의 역정을 들여다볼 수 있는 시편이 중심을 이루고 있다. 이 시편들을 통해 우리가 유추해볼 수 있는 것은 고인숙 시인의 단독적인 삶이 아니라 지금으로부터 70여 년 전부터 일어났던 이 땅의 역사와 그 속을 통과한 민중들의 초상을 보는 일이 된다. 물론 그 속을 통과하며 고인숙 시인이 살아냈던 구체적인 이야기도 빼놓을 수 없다. 그중 우리네 어머니들이 홧김에 집을 나가려다가 말았던 얘기를 읽으며 이 글을 마무리하기로 한다.

업고 걸리고 닭, 돼지 치며 살던 시절
게으르고 무심한 그를 원망하며
부부 싸움 뒤 울면서 보따리를 싼 적이 있지
맨 먼저 꺼낸 게 하필이면 융을 대고 기운 분홍 팬티
그 뒤로 싸운 뒤 풀어질 때는 꼭 기운 팬티 얘기로 웃곤 했다
떠날 때 가져갈 것이 겨우 기운 팬티밖에 없었느냐고
개울가 돌에 문질러 빨래하던 시절
애들, 사과 반쪽씩만 먹이던 긴축의 시절
그 뒤 살면서 여러 번 보따리 싸고 싶었지만

그때마다 기운 팬티는 날 누그러뜨렸고
더 심각하게 보따리 싸려 했을 때는 아이들이 발목을 잡았
었다
지금은 갈 데도 없지만 갈 생각도 없다
왜? 기운 팬티가 없어서
요즈음이라면 누가 보따리를 쌀까
카드를 챙기겠지
그러면 정작 아주 먼 길 떠날 때
우리는 무엇을 챙기지?

―「보따리」전문

시의 화자는 살림이 너무 어려워 집을 나서려 한다. 요즘말로 부부싸움을 하고 집을 나가겠다고 필수품을 챙기는데 하필 융을 대고 기운 팬티가 맨 먼저 튀어나온다. 시의 화자는 다소 난감하기도 하고 또 쑥스럽기도 하여 부부싸움의 긴장은 사그라지고 오히려 그 뒤부터는 그 팬티는 운명공동체임을 확인하며 살아가는 도구가 된다. 물론 그 뒤엔 아이들이 자라면서 그 아이들 때문에 가출을 생각지도 못한다. 그러다가 문득 한 생의 극점에 도달하고 말았다. 이 땅의 어머니들이 한 번이 아니라 수 백 번 수 천 번 되풀이 했을 이야기를 시인은 솔직하게 그러나 재미있게

그리고 있다.

너나없이 가난했던 시절 그 가난은 때로 서로에게 힘이 되고 때로는 그 나름의 향기가 되곤 하였다. 그러나 그 가난은 위엄도 잃어버리고 헤어질 때는 플라스틱 카드 하나로 경박한 시대에 살고 있다. 시인은 마지막으로 묻는다. 정작 우리가 먼 길을 떠날 때는 무엇을 챙길 것인가라고.

5.

이상에서 우리는 이 시집의 대강을 살펴보았다. 좀 더 깊숙한 논의를 위해서는 고인숙의 시가 삶으로부터 시로 이행되는 과정에 도입되는 다양한 방법론을 구체적으로 살필 필요가 있다. 또한 그 변환과정에서 앞서 말한 바와 같은 '시적 기적'이 탄생되는 순간들을 더욱 정밀하게 추적할 필요가 있을 것이다. 이 점은 추후로 미룬다. 그러나 이러한 개략적인 요약을 통해서도 우리가 알 수 있듯이 그가 산출하는 시는 늘 삶의 어김없는 진실과 진솔한 태도로 잘 된 배추 속처럼 꽉 차 있다.

글을 마무리하기 전에 고인숙 시인에게 양해를 구할 일이 하나 있다. 당초 시인은 자신의 나이를 밝히지 않기를 원했다. 나이 때문에 읽히는 혹은 나이 때문에 점수를 얻고 시가 평가받는 것을 부정하였다. 그저 시로서 정당하게 평가받고 읽혔으면 좋겠다는 게 고인숙 시인의 완강한 주장이었다. 그 점에서 그는 완벽한 문학주의자라고 할 수 있다. 그러나 시가 삶으로부터 떠날 수는 없는 것이 아닌가라는 생각과 그 나이를 밝힌다고 해서 이 시들이 지닌 문학성이 훼손되는 것이 아니라는 생각으로 그의 나이를 밝혔다. 그의 양해를 구한다.

이제 마지막으로 생각해볼 일은 그의 시가 앞으로 어떻게 전개될 것인가라는 것이다. 그러나 우리는 그 점을 알 수 없다. 그것은 그가 앞으로도 더욱 쓸쓸하게 그러나 당당하게 가야할 길이기 때문이다. 다만 짐작할 수 있는 일은 그가 여태까지 세워온 시적 전략을 기본적으로 유지하면서 어떤 경우의 삶이든 그것을 시적으로 충분하게 발효시키면서 이 땅의 시의 영역을 넓게 하고 그 깊이를 더할 것이라는 점이다. 데뷔 이후 긴 시간동안 참고 기다리며 산출하고 있는 시가 역으로 그 점을 밝혀주고 있기 때문이다.

모래의 날들

글쓴이 / 고인숙
펴낸이 / 孫貞順
펴낸곳 / 모아드림

1판 1쇄 / 2008년 2월 5일

서울 서대문구 북아현3동 1-1278
전화 / 365-8111~2
팩시밀리 / 365-8110
E-mail / morebook@morebook.co.kr
http://www.morebook.co.kr
등록번호 / 제2-2264호(1996.10.24)

ⓒ고인숙
ISBN 978-89-5664-114-0

* 잘못된 책은 구입하신 서점에서 바꾸어 드립니다.
* 지은이와의 협의하에 인지를 붙이지 않습니다.

값 6,000원